KB183921

청어詩人選 466

어머니 말씀에 밑줄을 긋다

명재남 시집

도서출판 청어

시인의 말

나는 문재(文才)가 없는 것 같다. 2006년 등단하고 이제야 첫 시집을 내놓으니 말이다. 그간 간간이 원고 청탁이 들어오면 한두 편 쓰는 것으로 만족했었다.

그런데 갑자기 어머니께서 뇌경색으로 쓰러져 고통의 나날을 보내시는 것을 보며, 자식으로서 애달픈 마음을 금할 길 없어 이를 시로 끄적거리는 시간이 많아지게 되었는데, 이것이 이 시집을 엮게 된 계기가 되었다.

2024년 8월, 어머니께서 돌아가셨다. 나는 어머님 영전에 첫 시집을 상재해야겠다고 마음먹고 부랴부랴 지금까지 쓴 시들을 다듬고 보완해 49재에 맞춰 49편의 설익은 시를 모은 시집을 엮게 되었다. 그러나 정작 49재 때 어머님 영전에 올리지 못하고 보내 드리게 돼 죄송한 마음이 앞을 가린다.

어릴 때는 현실에 순응만 하시는 어머니가 미워 남다른 청개구리 심보로 어머니 속을 어지간히 썩여 드렸고, 철들어서는 다소 무뚝뚝하고 감정 표현이 서툴러 내 속마음을 다 보여드리지 못했지만, 사실은 늘 어머니 말씀에 밑줄을 그으며 살아왔다.

이제, 어머님께서 저승에서나마 이 시집을 통해 아들의 본마음을 읽으시고 행복한 미소를 지으시길 바라 마지않으며, 늦게나마 이 시집을 삼가 어머님 영전에 바친다.

순천만 갈대밭에서
명재남

차례

3부 그리움으로 켜는 밤

4부 학교 종이 땡땡땡

5부 씨줄 날줄에 걸린 일상

1부

생사가 예 있사매

어머니
-눈 오는 밤

눈 오는 밤
희미한 호롱불
불빛 날리는 눈 위로
가냘프게 쌓이는 다듬이 소리
주름진 시집살이
고된 생生을 펴시는 걸까
토끼 같은 새끼들, 오색
설빔 준비하시는 걸까
눈꺼풀 반쯤 감긴 달빛
들창가에 기대듯 스미는 밤
저 멀리 컹컹 개 짖는 소리
마실 간 서방님 길 밝히다
점점 잦아드는
똑딱똑딱 독닥독닥 다듬이 소리

할미꽃

산그늘이 내려와 못줄 잡는
못물 가득 논배미
해 넘어가네
힘 부친 할미꽃 한 송이 느릿느릿
소쩍새 소리 지팡이 삼아
꼬부랑 허리로 심는 모내기

소·쩍·소·쩍
한 소절에
한 시절 못줄 위에 감실대고

호호호!
백발 처녀 적 얘기 들어주던 해님이
깜짝,
해거름 가다 말고
꼬부랑 꼬부랑길이 걱정되는지
노을빛 서녘 하늘 능선에
초롱초롱 꽃등 불 밝히며 가네

어머니를 보내 드리며

4남매 살뜰히 키우신 어머니
뇌경색으로 덜컥 중환자실로 실려 가시더니
100여 일 동안 희미하게 눈만 깜박

당신의 흐뭇한 곳간 보일 때마다
한 방울 한 방울 눈물만 비워내셨지요
육신은 나날이 허물어지고 허물어져도
이것만은 결코 놓지 않겠다는 듯
한쪽 손 꿈틀 쥐었다 펴시며
당신의 곳간 열쇠를 주욱 훑으시는
어머니가 애달팠는지, 동생이

깊은 잠에 드신 아버지 침전에
찾아뵙고 무릎 꿇고 기도드렸지요
아버지 우리 어머니 빨리 낫게 해 주세요
빨리 낫게 해 주세요, 거듭거듭

아버지는 무얼 그리 고뇌하시는지
이틀 만인 2024년 8월 18일 오전 10시 5분,
동생의 기도는 스르르 풀렸습니다
강차게 쥐고 펴시던 어머니의 손
파르르 잎새 지듯 힘을 내려놓으셨습니다

겁 많으신 어머니 처음 건너는 삼도천,
아버지는 안개 자욱한 기슭에서 까치발 딛고
털털한 미소로 어머니 손 꼭 잡으시며
생전 온기 느끼시듯 말없이
어머니 등에 손 얹으셨습니다

여기는,
잠시 소낙비 한번 다녀가고
서천에 뜬 달이 소낙비 내린 연못에
깜박 잠기는 참 고요한 밤이었습니다

생사가 예 있나니

중환자실
영면한 자의 운구 끌차가
엘리베이터 벨을 누르자
잠시 후 땡동
삶과 죽음이 비껴가듯
밥차가 내리고
운구 끌차가 들어가고

망자의 일대기가 한 줄로
죽은 자가 산 자를 끄는
영구차가 신호등에 멈칫하자
짐을 가득 실은 트럭이 멈칫
고개 내민 승용차가 멈칫
뛰뛰빵빵 경적을 울리는
승객을 실은 버스가 멈칫

투명한 유리창을 사이에 둔
이쪽과 저쪽의 평행선 위
망자의 삶과 산 자의 울음을 싣고
태운 관이 발사대에 오르고
쓰리! 투! 원! 제로!
카운트다운과 함께 천천히
무한 원점 찾아 떠나는 평행선이
한 점 불꽃으로 사그라지는
생사가 예 있나니

상형문자

어머니 유품 속
손때 묻은 결승문자에
꼭꼭 묶여 서랍 속을 지켜 온
빛바랜 수첩 하나,

처음엔 무질서하게
자식들이 버린 연필로
한 획 한 획 꾹꾹 눌러
씨줄 날줄 당신의 삶을
그어 가나 싶더니
차츰 괴발개발 상형자로
집안의 대소사며 자식들의
일상이 삐뚤삐뚤
지렁이 기어간 단문으로 남아 있는

9남매의 둘째로 태어나
어린 나이에 부엌데기로
팔십 평생 시집살이로
일자무식 살아오신 어머니께서
모스 부호처럼 남기신
이 세상 그 누구도
해석할 수 없는 상형문자

축축한 두엄 속에서 갓 출토된
어머니의 물레 잣던 생(生)을
나는 이제야 돋보기 들이대며
누에 한 살이 짚어가듯
한 페이지 한 페이지
조심스럽게 읽어본다

새벽을 울리네

이른 아침 동녘의 햇살이
창문을 두드리기 전
어둠을 깨고 전화벨이 울린다
비몽사몽 놀란 새가슴 귓가에
"일어났냐. 잘못 눌렀다"

글자며 번호는 자식들 일가친척들
저장된 번호순으로 척척 외시던 분이
남의 집 숟가락 개수까지 셀 정도로
기억력 좋기로 소문난 분이
닳고 닳은 번호를 눈 감고도
잘못 누르실 분이 아닌데

의지하시던 아버지 돌아가시고
홀로 고향집 지키시던 어머니,
이른 아침부터 4남매 머리맡을
한 번씩 꾹꾹 잘못 눌러주시고
"오늘 아침에 미역국 먹었냐?"
"꿈에 니가 나와서 전화해 봤다"
"언제 내려와서 밀린 우편물들 읽어 봐라"

그 모진 비바람 세파에도
힘들단 말 한마디 없던 분이
평생 남 싫은 소리 않으시고
아쉬운 소리 할 줄 모르시던 분이
불쑥불쑥 잘못 전화를 거시니

오늘은 내가 먼저 새벽녘을 기다려
잘못 전화를 걸어본다
"지금 거신 번호는 없는 번호입니다"
"다시 확인하시고 다시 거시기 바랍니다"

우리 어머니 요즘 부쩍
전화를 잘못 거시더니
이른 아침 요주의 인물로 찍히셨나
통신사 영구 퇴출되셨나
걸어도 걸어도 반복되는 기계음만
새벽을 울리네
못난 새가슴을 울리네

호박 넝쿨

호박 넝쿨을 보면
어머니가 떠오른다
장마철 텃밭 무성한 잡초 속에서
길가로 수많은 넝쿨손 뻗는
그 마음 헤아려 본다
개밥에 도토리 천덕꾸러기로
텃밭 한 켠 어느 곳이든 한번 심어 놓으면
아무도 거들떠보지 않아도
누구 하나 기억하지 않아도
물 한 방울 햇빛 한 조각 찾아
저 홀로 온몸으로 맨바닥을 기어
잡초 사이사이 길을 만들고
끝끝내 넝쿨마다 꽃을 피워내어
보름달 환한 한가위 밤
못생긴 호박 주렁주렁
주름진 호박 자랑스럽게 까 보이며
시든 잡초 위에 누워있는
호박 넝쿨을 보면서
못생긴 내가 왜 이리 당당하게
주름진 바닥을 펴며 기어갈 수 있는지
어머니의 그 마음 비로소 헤아려 본다

깊고, 먼

어머닌
나의 어머닌

저기
저어어기
저   기이

쩌어   기이

저쪽과 이쪽
쩌와 이 그 사이
이 세상에서 가장 깊은
천지인(天地人)
어, 머, 니,

나의 어머니

내 안의 안단테

한여름 들녘에 나가기 전
어머니는 커다란 다라이에 물을 가득 받아 놓고
하늘의 기를 받으려면 이렇게 해야 한다는 듯이
온갖 부정한 것들 감히 얼씬도 못 하게
어머니의 정성 한 장 하얀 비닐로
꼭꼭 씌어 동여매 두곤 하셨지

폭염 속에서 들일을 하시다 소금 되어
온몸에 버석버석 소금 달고 집에 와 등목하실 때
어머니는 그새 천기 가득한 그 뜨뜻한 물로
등목하시며 연신 시원하다 시원하다 하시고
나는 지구 저편 남미 어느 원시림의 샘에서
두레박으로 막 퍼 올린 물을 쏴아 쏴아 온몸에 부으며
진짜 시원함을 부르르 떨면서 느꼈지

삶이란 이렇게 역설적으로 시원함을 느끼는 것인가
몸의 들썩이는 무게에 따라 추에 고이는 촉수
인삼이며 대추에 닭 한 마리 푹 고아
삼복더위에 뜨거운 삼계탕을 시원하게 아주 시원하게
먹거나

한겨울 얼음이 동동 뜬 동치미와 함께
뜨겁게 아주 뜨겁게 냉면을 먹던 그 기막힌 맛을
나이 들면서 이제야 내 몸이 말해주나니

폭염이 기승을 부리는 오늘 아침
뜨뜻한 물을 틀어놓고 샤워하면서
불혹을 넘기는 몸이 시원하게 말해주는
그 옛날 한여름 어머니가 느꼈을 시원함을
내 안의 흐르는 한열(寒熱)의 안단테 다섯 걸음으로
찬물 틀어보며 따뜻한 물 틀어보며 비로소 느껴본다

노고단

싹아지 없는 보리 밟으러 간다
아니, 똥 밟으러 간다
꼴딱 넘어가는 소리 쌓여있는
노고 할매 그 커다란 똥 밟으러 간다

큼큼거리며 두 발로
두 눈으로 구린내를 핥으며
두 귀 세 귀는 꼽발 딛고 들어도 되리

똥은 노래야 노래해야 똥
자식 손주 똥 노래
싹수없는 보릿고개 그 노래로 밟으시며
섬진강변 풀 죄다 뜯어 드시고
섬진강물 꺼이꺼이 퍼 드시고
짙푸른 꼬부랑 똥을 우글렁부글렁 싸지르며 오르셨네
며느리 손 잡고 싸지르며 오르셨네

우리 자식 손주 똥은 노래야지
노래 되는 똥 두 눈으로 밟으면
마고 할매 배곯는 소리 들리네
며느리 배곯는 소리 들리네
주르륵주르륵 설사 소리 새파랗게 들리네

원추리 미나리아재비 동자꽃
무더기무더기
망우초 개불알꽃 쥐오줌풀
무더기 무더기 무더기
며느리밑씻개는 없네
며느리밥풀은 없네

사스래
가문비 구상나무
층층나무 떡갈나무
졸참나무 개서어나무

아아 높기도 하여라
넘다 만 마고 할매 보릿고개
며느리 손잡고 싸지른
짙푸른 똥 무더기

가을 편지
-순천만 갈대

순천만 갈대밭에 가면
이 땅의 어머니란 어머니는 죄다 모여 산다
옹기종기 모여 서로 어깨 겯고 등 기대며
뻘배에 몸을 싣고 뻘밭을 기어
한 발로 종가(宗家)를 밀고 가는 이 땅의 어머니들이
갈 데가 없어 순천만에 모여드는 것은 아니다

가문을 이어갈 대(代)를 위해 자식들 쑴풍쑴풍 낳은
갈대의 순정 따위는 개나 줘버린 어머니들이
삼종지도(三從之道)를 허리띠에 졸라매고
갈대밭으로 비밀처럼 모여드는 것은
남정네들의 전유물인 벼루와 먹과 붓이 없어도
순천만은 그리운 자식들에게 터벅터벅 걸어가는
그리운 사연들을 원 없이 쓸 수 있기 때문이다

벼루 없어도 순천만 갯벌이 갈아진 먹이요
갯벌 속의 갈대가 곧 붓인
어머니가 가을 달빛을 깔고 앉아
온몸을 하늘에 대고 휘영청 붓질하다 보면
달 밝은 가을밤 순천만은 온통
갈대들의 편지 쓰는 소리로 들썩이곤 한다

태풍도 비껴간 해풍 맞고
잘 자란 햅쌀 한 가마니 가져가라고
깨소금 볶듯 팔자 좋게 삐뚤삐뚤 사연 볶다가도
옆집 며느리 집 나간 무성한 소문 쓸라치면
가을걷이 끝난 들판의 허수아비 입 빌려
소곤소곤 찰진 전라도 사투리로
가난이 개펄 되도록 갈겨댄다

지금 순천만은
편지를 받은 자식들을
집 나간 며느리를
한 상 가득 기다리는 어머니들의
꼬막 데치는 소리 쑴벙쑴벙 전어 써는 소리
노릇노릇 가을 들판 익어가는 소리에
온 갈대밭이 또 한 번 들썩거린다

2부

수양버들 훙훙거리고

수양버들 흥흥거리고

수양버들 흥흥
청하 한 잔 13도의 춘흥,
청청한 햇살 숲 아래
일없이 제 몸 해작이는 물가에서
어린 귀를 잡고 소곤대다
겨드랑이 간질이다
실가지 어깨 짚고 발돋움하는
바람난 바람 엉덩이 실없이 툭 치다
지난 사월 햇빛 쨍쨍한 날 골라 수술한
왼쪽 옆구리 박박 긁어 주다
수술 자국 파르르 지워 주다
13도로 휘이청,
악기 놀이하듯 푸른 심장 하나 꺼내 탈탈 턴다
언뜻 도르르 말린다, 버들피리

바람은 즐겁다

신록의 잎새
청보리빛 소리가 인다

물은 뿌리의 힘으로
뿌리는 줄기의 힘으로
줄기는 잎의 힘으로

물 긷는 지지배배
댕기 푸는 지지배배
봄, 바람은 즐겁다

정관 풀린
정오의 보리밭,
종다리 수놓는 길 따라
불끈 잎새에 괴는 소리

지지배야
지지배야
봄, 바람은 즐겁다

삿갓 쓴 저 양반

청송녹죽 등 푸른 절개는
한낱 뜬구름 같은 것
구중궁궐 옥문 드나들던
삿갓 쓴 저 양반
아비를 지탄하던 패륜의 손가락
어미를 간하던 오이디푸스 손가락
그대 눈먼 사연은
어느 하늘 아래 둘 것인가
낮달 벗 삼아 정처 없이 떠도는
비구름 쉬어가는 초야의 대장간
하늘 귀 낮추는 풀무질 소리
만화방창 꽃잎은 속절없이 지고
휘휘 가지 드린
수양버들 연둣빛 하늘이듯
삿갓 쓴 저 양반
삿갓에 듣는 버들잎이 섧구나

고추 따기

고추 따는 손으로
고추를 잡으니
빨갛게 땡땡거리는
고추가 얼얼
땡볕에 달아오른
고추 맛에
고추들이 자지러진다

닫힌 성문을 열며

세계 대제국을 건설한 칭기즈칸은
그가 가는 길 성문을 열지 않으면
성안의 생명체는 깡그리 쓸어버렸다지
한 길 앞도 못 보는 정복자의 그 오만함이란
그런 그도 열린 성문 앞에서
밤마다 무릎을 꿇다가 밤이 이슥해서야
밤을 올라타고 침전으로 들었다지
역사에 가정이란 없다지만
풍전등화의 성이여!
나긋나긋한 성문을 닫아걸고
한 달씩만 버텼더라면 수성전은
속전속결의 몽골 기마병들 전투력
발기부전으로 몰고 갔으리
체면에 허허벌판의 풍찬노숙이라니
더불어 펼쳐진 청야전술로
열아흐레 달이나 볼 수 있었으려나
그들이 마구 휘두른 초승달에
싹둑싹둑 잘리어 떨어지는 것은
망상이든 몽상이든 몽정이든
쟁여 둔 한 달분의 조급함이었으리
만리장성에서 낙안읍성까지

리시스트라타여!*
그대 가랑이 사이를 엉금엉금
기어가는 오만한 당신의 칭기즈칸
오늘도 닫힌 성문을 열기 위해서는
옷자락 밑에 그 도도한 쌍판때기를 숨기고
오체투지로 평화조약에 서명해야 하리

  *리시스트라타: 아리스토파네스의 고대 그리스 희극의
여자 주인공. 전쟁을 중단시키기 위해 여성들의 섹스파업
을 주도함.

봄밤

잠 깬 봄밤
그녀의 꿈이나 털러 갈까?

세상이 온통
봄 꿈에 부풀어지는 밤

그냥 잔다
나는 그냥 잔다.

노크해 주세요

똑똑 노크를 한다

누구세요, 도 없이 기다렸다는 듯 잽싸게 풀어헤쳐진 문이 훈훈하게 열린다 기실은 이미 참숯 몇 덩이 불씨를 품고 있었던 것 칠흑 같은 몸을 친친 감고 있는 빈 공간 등나무 몸을 휘돌아 오르는 칡넝쿨과의 건널 수 없는 생각의 가지가 자꾸 흐릿해지고 사랑아 안녕, 얼빠진 인사도 없이 둥둥 유체이탈해 중천을 떠돌던 기억 가지를 휘문이 한 시간의 뿌리는 거미를 앞세워 집안 구석구석 계고장을 걸어 눈이란 눈은 모조리 뽑아버리고 다리란 다리는 모조리 분질러버리고 소리란 소리는 모조리 불질러버려 앗 뜨거워는 어딨지 오감이 차압되어 그대로 멈춰라, 였던 것이 똑똑 부싯돌 소리에 일순 화르르 변제되면서 모세혈관에서 정맥과 동맥을 거쳐 오빠 달려 한달음에 팟팟 불이 들어왔던 것

거세된 고양이, 엉덩이를 똑똑 두드리자 멈춰 선 몸속 차압된 오감의 뿌리가 꼿꼿한 자세로 빳빳하게 일어서는 소리, 일제히 갸르릉 갸르릉거리며 문을 박차고 뛰어나온다

명사십리(鳴沙十里)

인도 북서부의 작은 항구 알랭 바닷가에는
드넓은 바다를 끌다 지친 배들이
고단한 몸을 영원히 눕히는 배들의 무덤이 있어
바람 부는 날이면 아딧줄 따라 잉잉대는
이물 고물 뱃노래 해풍에 끌려 바다로 떠나고

전라남도 완도군 명사십리 바닷가에는
밀물에 뿌리내린 울음 무덤이 있어
십오야 달 밝아오면
오뉴월 찬 서리 우렁우렁 일어
열아흐레 달의 키질에 십 리를 건넌다는데

섬, 섬, 섬
등 대고 들앉은
컴컴한 외로움 끌고 온 파도
물오른 세모새 치마 밑 찰싹찰싹 기웃대다
화르르 불 놓아 처녀 가슴 일구는 소리 십 리에 그득
할 때
야속타 정한 님 오시는 듯 다시 가는
토끼 생간처럼 자라는 눈물이 한 말씩이라

이 해변 달빛 오르르 감실대는 날이면
가는 허리 야들야들 열아홉 처녀들
울음아 이제 그만 돌아오너라
십 리도 못 가서 발병 나겠다
달빛 타고 오르는 소리 십 리에 보타지고
간밤 월경 터지는 소리 순비기나무 둘레 홍건합니다

궁에도 꽃이 진다

청산아, 푸르다고
까불대지 마라
너의 귀밑머리 흰서리
벌써 내렸던걸
오늘도 심산유곡
맑은 물 그득
꽃 활짝 피었어도
아서라,
그 꽃 속절없이 지기
한나절이면 족하나니

3부

그리움으로 켜는 밤

먼 여행
-문희에게

여행은
너에게로 가는 길

북쪽 하늘 작은곰자리 어디
지구로부터 430광년쯤,

한 여름밤 모깃불 피워놓고
별똥별 줍던 어린 시절
함께 부른 노래

초속 30만*km*의 속도로 우주를 날아
너에게로 가기까지
430년 넘게 걸린다니

어디서 무엇이 되어 다시 만나랴*

문희, 그 가시나 뭐 그리 급해
그 먼 거리를 홀로 나섰는지
밤하늘에 흩뿌려진 저 별들 속
북극성 등대 삼아
지가 가리킨 어느 별에
무사히 도착했으려나 몰라

*김광섭 「저녁에」 시 구절

그리움으로 켜는 밤

겨울 강에 찬 바람 불면
강심으로 잦아드는 소리 따라
산 계곡마다 옹송그린
조약돌 사이사이 하나둘씩 모여드는
겨울 산의 침묵의 행렬

잔기침 소리 하나 없이
강물에 미끄러지는 일 없이
폭 작은 걸음으로 여는
순례의 길은 아득하여라

찬 바람 건너면
거기 비누 거품처럼 보글보글
피어오르는 뽀얀 보조개
순은으로 속살대는
강심은 아늑하리

아직 여물지 않은 달이
조심스럽게 흔드는
무언의 수신호로 건너는
끝없는 순례의 길을 걸으며

찬 바람에 부르튼
저마다 언 손을 끝내 놓지 않고
한 점 온기로 켜는 밤
겨울 강에 부려놓은
젖은 그리움으로 켜는 밤
젖는 게 어디 강심뿐이랴

봄비

그래 잘 가라
生의 기울어진 잔 들고
이제 네 손을 놓는다

비틀비틀 젖은
매화 향에 끼워 둔
삼월 달력을 찢고
내리는 이년 저년 그년

그 소리 속 몇십 리를
눈물방울로 걷고 걸어
하냥 그렇게 봄비로 뚝뚝 떨어져
다시 돌아오라는 말은
기울어진 빈 잔에 넘쳐흘러
돌아올 수 없기에
나에겐 영영 내년은 없다

이제
내 비망록 첫 줄은
봄비 내리는 소리
한 줄뿐이다
그 줄에 피던 너를 끄고
내 마음도 끈다

그래 잘 가라
生의 기울어진 잔 비우고
이제 네 손을 놓는다

동백꽃

백련사 동백숲을 걸으면
나지막이 떨어지는
너의 목소리가 붉는구나
붉은 동백꽃 저리 환히 피는데

꽃 진 자리
겨울을 지켜낸 선홍빛 미소
잡은 손 열 손가락 속 가득 고이고
붉은 점점이 동백꽃 투-둑
떨어진 듯 모이는 너의 미소

어제 그리고 오늘도
동백잎 위로 사뿐사뿐
눈은 쌓이고 쌓이다
하얗게 헤어져도

수천 번 희미하게 묻혀가도
흰 눈 위에 다시 오롯이 번지는
이 비우지 못하는 망할 놈의 마음 때문에

엎힌 눈물에게

비 개인 세상이 참 온순하다
후들거리는 그 어수선하고
짠한 생의 한 켠에 후득후득
빗방울 떨리더니
어느새 창가에 그렁그렁 새겨지던
고단한 삶의 역주행 스키드 마크,
지난밤 으르렁, 쿵쾅거리던
폭우가 한바탕 다녀가고
물 만난 누룩이 밤새 부글거리더니
새벽 한때 젖지 않은 고요만이
엎힌 눈물 다정히 등 두드려
모두 강가로 돌려보내고
씻은 듯 환해진 아침 창가에는
막 걸러진 저 온순 저 고요뿐
비 갠 세상은 참 온순하다

유년(幼年)의 바람

내 유년의 강가는 왜 그리 바람 붐볐는지
무궁화꽃이 수없이 피고 진
해지는 고샅에 켜켜이 쌓이던 바람
오종종 쪼그려 겉불 헤집는 소리 토도독
재 속 낄낄대는 소리 피시시식
마른 흙바람 사이 다시 까르르 건너는 소리

불장난하지 말랬지,
까악 깍 까치가 까불리는 키를 들고
사립문 나설 때 왕소금 쪼르르 따라나서고

밤에는 짚으로 이엉을 만들어 달빛이라도 가려야지
바람 제집 드나드는 바람벽 벽지라도 발라야지
할아버지 아버지 삼촌 나 삼대가
바람 말려 벽지를 바르고
나의 일이란 진종일 고개 뒤로 젖히고 바라보는 것
엄마에 대한 오기가 나를 그렇게 세워놓았는지
키의 무게 견디지 못한 울음 함께 발라지고

울울창창 동짓달 바람 옹송거리는 소리
컹컹 개 한 마리 복창하듯
쫏쫏쫏 끌고 동네 한 바퀴 돌고 나면
엄마는 된장 한 수저 푹 떠다 내 머리에 발라주시고
흙바람 속 건너던 그 바람
내 머리 음계 삼아 콩, 콩, 콩 잘도 뛰어다녔지

쉬잇! 꼬리가 길면 잡힌다 너,
바람 꼬리 뎅강 잘라 연실에 꼬옥 어르고 달래
실타래 풀어 길을 놓으면
가오리연, 방패연 하늘 높이 납신다
장독대 독아지에 넘쳐나듯 너울대는
입 꾹 다문 하늘 속
한일자로 널려 춤추는 오줌 싼 바지

안개꽃

그대와 헤어져 돌아서는 길
밤바람에 몸 맡기고 휘비적 내딛는 발걸음
그대 손짓 따라 안개꽃 봉긋 피어나데
안개꽃 향기 쫄래쫄래 잘도 따라오데

그대가 안개꽃이라 끝내 우기던
어둠 가득한 이 거리
회색이다 은빛인 아스팔트 경계
눈을, 귀를, 쫑긋 심으면
안개의 박동 소리 수평으로 쫙, 끝은 휘어져 가는
거리의 안개꽃 그 밝은 흐름

늘 움직이면 희어지는가
또는 하얘지는가
엷은 어둠 비늘 반짝
제 등에 꽃등 달고 꽃밭에 뛰어든다
조심하세요
가로등 눈높이에 맞춰 서는 것 잊지 말고,
멈칫 고개 드는 내 일상도
손 흔드는 것 잊지 않는군

움직일 때 더욱 밝아지는
거리의 안개꽃
도시의 실핏줄 속에 웅얼웅얼 피어나는,
집에 가는 길

너에게로 간다

매화 난초 아닌
국화 대나무 아닌
솔잎혹파리 스멀거리는
쭈구렁 솔낭구

백로 한 마리
진종일 품은 가슴
나이테 결 이은 듯
가장자리 따스하다

부리에 긁힌 솔향
임 모습 따라 솔솔
잎마다 그득한데
긴 목을 빼 콕, 콕, 쪼아
주야장천 한마음 슬어주누나

스멀스멀 일편단심
쭈구렁 하늘 딛고 간다
매화 난초 아닌
국화 대나무 아닌
백로의 가슴팍 푸르륵
또박또박 박힌

점, 점, 하얀 길 솔향 빼곡한

둥둥뫼로 가자

오늘은 둥둥 신나는 날
둥둥뫼 옛 소리 모이는 날

내 어릴 적 꿈이 뛰놀던
고향 앞산 정상의 너럭바위 한 평 남짓
꼬맹이 발로 뛰어도 둥둥
그 소리 신이 나 시간 가는 줄 모르고

봄이면 진달래 따 먹다 삘기 뽑다 뛰고
내려올 땐 보리피리 삘리리
깨복쟁이 친구들 함께 둥둥 뛰었지

여름밤은 도깨비들 차지
모깃불 피워놓고 멀리 바라보며
무서운 옛날 얘기 몽싯몽싯 피어날 때
외따로 굴 앞에 살던 옥선이는
우리들 얘기에 귀가 간지러워
무서움아 게 물렀거라 십리 길 마다 않고
한걸음에 원 마을로 마실 나오고
앞산 둥둥뫼에는 도깨비불 둥둥 밤새 뛰놀았지

가을이면 머루랑 다래 향 둥둥 뛰놀고
겨울이면 흰 눈 내리다 쌓이다
저 혼자 신이 나 둥둥 뛰며 노는 둥둥뫼

두우웅 두웅
이제는 가느닿게 내 귓가를 울리는
깨복쟁이 친구들 그 소리 듣고파
목포며 순천이며 창원이며 서울에서
한걸음에 달려오는 정겨운 소리
세월 건너 둥둥 그리운 둥둥뫼

오늘은 둥둥 신나는 날
제각각 풀어놓은 이야기보따리
하하하 호호호 깔깔깔
둥둥둥 울리는 그리운 그 소리

꽁지머리
-벗 충기에게

생(生)이 빗질하는
꽁지머리는 하늘의 숲,
하루를 열고 닫는 나날의 그 속을
하염없이 날아가는 시조새 한 마리
시원을 꿈꾸는 숲이여!
그대 있음에
죽음은 깃털처럼 가볍나니
-身體髮膚受之天地
하늘에 나부끼는 불립문자
오롯이 재생하기 위해
오늘도 잠시 발 내려
저문 하루를 덮는다
새벽녘 빛이 고여
태초의 날개 돋는 그날을 향해

4부

학교 종이 땡땡땡

아프면서 크는 나무

-그래 몸이 아프다는 거지
-스트레스성 구토 증세도 보이고
-보건 선생님께 한번 가보지 그래
-내 아픔을 아는 사람은 나밖에 없어요

창밖엔 봄 하늘이 잔뜩 찌푸리고
나는 준비된 멘트처럼 너에게 한마디 건네지만
내 말이 너의 등을 토닥이기도 전에
봄비가 창문을 때린다.
그래 나도 한때
불면의 밤을 밤새 짚으며
무수한 열꽃을 피울 때가 있었지

-그댄 봄비를 무척 좋아하나요*
오늘처럼 봄비 내리던 날
어디도 아픈 곳은 없지만
자꾸 아파지는 가슴을 끌어안고
온몸에 파란 잎이 돋아나려 그러는 거라고
꽃이 필 때 나는 열이라고
-나는요 정말 미워하지 않아요**

조퇴하고 교문을 나서는
너의 발자국 따라
추적추적 봄비는 내리고
교문 울타리 비에 젖은
파란 잎 속 장미 한 송이
빼곡히 얼굴 내밀며
꽃이 붉은 것은 비에 맞아 더욱 그러는 거라고
너도 나처럼 붉은 꽃을 피울 수 있을 거라고
힘없이 걷는 너를 앞질러
저만치 먼저 봄비를 맞으며 걷고 있구나

*, **김연숙의 노래 〈그댄 봄비를 무척 좋아하나요〉 가사 인용

구례에서 봄은

구례에서 봄은
여학생들처럼
까르르
까르르
몰려다닌다

매화마을 매화도
산동마을 산수유도
피아골 철쭉도
지리산이 잠시
한눈파는 사이

봄바람과 손잡고
여기 기웃 저기 기웃
온통 구례 읍내를
몰려다니면서

어딜 그렇게 쏘다니냐고
채신머리없어 보인다고
방정하지 못하다고
누르락붉으락 야단을 쳐도
허연 다리 내놓고
까르르
까르르
몰려다닌다

우 끼면 안 되나

불혹을 훌쩍 넘긴
교사가 부자연스럽게
"뿌잉뿌잉" 애교를 작렬하자
교실 밖 화단 봄 햇살 받아
순간 빵빵 터지는 소리

웃기면 안 되나

아에이오우
이야이야오!
어깨 걸고 행진하는
이리 즐거운
아 끼고 우 낀 봄날의 화음

한 놈 두 놈
제치고 나간다
이쪽 저쪽
등치고 토낀다

봄이 오면 수우우우
가을이 오면 우수수수
이렇게 저렇게

우 끼면 안 되나
웃기면 안 되나

누가 내 얼굴에 똥 쌌어?

초등학교 1학년 때
어느 봄날 종례 시간
소심한 나는
갑자기 뒤가 마려워
안절부절못하다
선생님 말씀 끝나기도 전에
뛰쳐나가다 선생님 말씀에
줄.줄.이
똥을 싸고 말았지

오늘은 하느님께서
겨우내 참으셨던 똥을
땅 위에 대고 붉으락푸르락
퍼질러 놓으시고
아 시원하다 봄볕에 흥얼거리시며
활짝 웃고 계시네

나도 이제는
누군가 얼굴에 자신 있게
하느님처럼 엉덩이 까고
무더기무더기
퍼질러 싸고 싶어라

중간고사(中間考査)

때늦은 사월 어느 날
하이얀 목련꽃 송이송이
그러쥔 그 손으로
백주대낮에 사과 깎는 소리
사각사각

곡우(穀雨)도 지났건만
무심타 비 한 방울 내리지 않는
올해 농사는 어쩔 거냐고
이렇게라도 안 하면
봄볕에 고사되는 우리는 어찌 될 거냐고

지 앞가림도 못하는 것들이
중간에 고사라도 지내야
마음이 놓이겠다는 듯
기우제 흉내 내며
사과 향으로 목욕재계하는
저, 절박한 소리

일순, 숨죽이던 구름 한 송이
잠시 망설이다
말없이 그냥 지나가는 사월 어느 날

연을 날리다
-학급 문집에 부쳐

여기,
추억의 실타래에 물린
형형색색 스물두 개의 실이
제각각의 빛깔을 띠고
청명한 하늘 아래 반짝인다

한일자로 쭈욱 뻗어
옹기종기 모여 재재거리는
졸음에 겨워 호느적거리는
쫑긋쫑긋 귀 세워 찰방대는

눈망울 삐죽삐죽 내민 실들이
얼레에서 풀려나와
저마다의 꿈을 안고
푸른 하늘로 첨벙첨벙 뛰어든다

저 깊은 하늘에
어찌 저리 용감하게 뛰어드는지
얼레에서 벗어난 실,
서로서로 어깨 겯고 날개를 편다

그래 그렇게 나아가라
지치고 힘들어 더디 가더라도
하늘길에서 주저앉고 싶더라도
가려운 어깻죽지 서로 긁어 주며
일만 번의 쉼 없는 파닥거림에
마침내 하늘 높이 직립하는 그날까지!

비눗방울 놀이

아이들이 비눗방울 놀이를 한다
쉬는 시간 왁자한 교실에서

수학 문제를 푸는 아이
조그만 두부 곽에 뿌린
씨가 움을 틔우는 과정을 살피는 아이
BTS 버터를 열심히 입에 바르는 아이

좋아하는 친구의 머리를
땋아주며 연신 웃음을 날리는 아이
아직 세상에 나올 때가 아니라는 듯
작은 담요로 자꾸
자신을 숨기는 아이

창문을 열자
저마다 하늘을 꽉 문, 비눗방울
이팔청춘 집을 머리에 이고
둥둥 하늘을 난다
멀리멀리 두둥실 하늘을 난다
다시 만날 날을 기약하면서

5부

씨줄 날줄에 걸린 일상

홍매화

너,
도대체 전생에
무슨 죄를 지었길래
봄 울타리 위리안치냐

중생들 가슴에
화두로 새기라는 것이냐

부처님도 너무하시지
매운 북풍한설에
백팔번뇌 염주 닳고 닳아
손가락 저리 부르터져
다 젖은 한 생 남은
결백 저리 명명백백한데
왜 하필 화엄사 절간에서
죄를 추궁하시는지

화엄사 각황전 봄 울타리
"불법을 훼방하려는 자 누구냐"
"이실직고하렷다"
추상같은 금강역사의
호통에 지지직 인두질에
절명하듯 울컥 토해내는
붉은 저 외마디 외마디

개미의 일생

가부좌 튼 연화봉* 발치
진달래 머리 땋는 허름한 바위
개미 한 마리 곧게 누워있다
구름에 가린 낮달
힐끔힐끔 그 개미 보려 하지만
개미는 도통 얼굴을 들지 않는다

연화봉 연꽃은 사월에도 피는지
연꽃 향기 바퀴 달고
개미의 지독한 生 떠듬떠듬 더듬는다
연화봉 증거 아래
팍팍한 세월 둥그렇게 무릎 꿇린다

앞이 앞이고 뒤도 앞인 개미
모든 게 곧을 直 곧을 直
밥도, 말도, 걸음도, 똥도,
곧을 直 곧을 直

무시로 드나들었을 곧을 直 숭숭 뚫린 길,
이무런 바람
길 위에 곧을 直 자로 눕자
굴곡 없는 삶의 마루
무뚝뚝 내려앉아
진달래 처녀 가슴 곧을 直 자로 멍울져

확 확 달려드는 진달래 살 내음
곧게 내리는 봄비랑 눈 맞아
불그죽죽 타는 하늘 아래
곧을 直 자로 바위에 누워
곧을 直, 곧을 直
게송 하는 개미

*전남 장흥 천관산에 있는 봉우리

컬러믹스 풍경 하나

이태백 씨, 술 한잔 걸치고
꼭짓점 댄스 추다 꼭지를 잘못 디뎌
달빛에 빠져 허우적거리네

암스트롱 씨, 초록은 동색
서로 돕고 살아야죠
급히 우주선 타고 달나라로 향했으나
아차차 핸드폰 두고 오는 바람에
같이 달 귀신 될 처지

김수로 씨, 여유 있게
핸드폰 꺼내 들고 알겠습니다
익숙한 솜씨로 스텝 밟으며
오! 필승 이태백!

아빠도 빠져야 해
샐쭉해지는 내 딸 진경이,
그놈의 술 때문에 더욱 짙어진
엄마의 속눈썹 꼬옥 움켜주고

흰 바탕에 파란 줄무늬 옷과 모자
노란 초승달에 꼭 달라붙어
깍지 낀 강아지 한 마리 메롱 하며
별 밭을 맨발로 달려가는
투명 유리창 속 컬러믹스 풍경 하나

입속에 피는 꽃

잎 진 나뭇가지 위
꽃샘추위 저 따로
홀로 외로이 남쪽 가지 골라
눈은 내려 흰 눈은 내려
붉은 꽃 송이송이 화알짝
세상 환한 꽃등 밝히네
내리던 눈 그윽해지고
가지가지 향 가득해지고
봄바람 언뜻 살랑인 뒤
흰 눈 매화 빛깔 서로 섞여
개울가에 하염없이 종.종.종
눈물로 굽이굽이 흘러가더니
산새 우짖어 푸르른 날
봄비 앞세워 예까지 왔구나
그때 그 자리 그대로, 연붉은
흰 눈 한 잔 마시나니
입안 가득 홑옷 걸친
붉은 무늬 그 마음속에 들앉아
우우우 꽃 피는 소리 듣네
꽃가지 오르는 청청한 소리 듣네
내 옷자락 서늘하게 다 젖는 소리 듣네

금, 붕어하시다

초등학교 3학년인 딸아이가
붕어하신 금, 관을 만든다
한평생 청룡 백호 주작 현무 사신의 보호 아래
그 찬란한 빛 물속 깊이 심으시다
육탈이 곧 해탈이라 들끓는 비린내
황포 자락에 감싸 안고 천수를 눕히신 금,
붕어하실 때 마지막 우아하게 모로 누워
생전 모습 그대로 금, 붕어하실 말씀 남기실지 몰라
붕어 따라 가버릴 금실 남기실지 몰라
삶과 붕어 사이 금 없는 것 알지 못하는
딸아이의 두 눈은 주르륵, 한 줌 흙은 뿌려지고
모종삽에 가려지는 이승의 한 기슭
붕어는 왜 빛을 심고 금은 붕어의 빛을 키우는지
망상의 낚싯대 드리운 내 삶의
올 다 풀려 이 세상 끈 놓을 때
웃자란 그 빛깔 반짝 물려 내 생 훑고 지나기를
딸애의 손을 꼭 잡고 내려오는 허허로운 길,
걸어온 길 차곡차곡 개시며 금 속 붕붕 걸어간
붕어 하나 지금 한창 육탈이 붐비시다

공인 인증서

두 사람은 386 CPU로 출발하여 듀얼코어의 강력한 심장으로 재무장한 부부임을 인증합니다.

이제 두 사람은 악성코드가 심어져도 그 어떤 바이러스가 침투해도 첫 만남의 설레임으로 처음으로 다시 돌아가는 시스템 복원 능력이 업그레이드되었으며 레지스트리, 하드디스크의 실시간 최적화로 한 마리의 버그도 한 마리의 바퀴벌레도 허용하지 않는 쾌적한 가정을 이룰 수 있고 익스플로러 최적화로 태양이 숯덩이가 되는 그날까지 파도가 밀려오다 멈추는 그날까지 항해할 수 있는 자격이 충분하기에 본 증서를 수여합니다.

2012년 4월 24일,
사랑의 알고리즘을 풀 줄 아는
과년한 이팔청춘 딸아이가
엄숙하게 전달한 공인 인증서
0과 1로 짜 온 16년의 언어가
++된 군인정신으로
사이버 특급 전사로 재무장되어
또 하나의 비밀번호를 부여받고
사랑의 최전선에 자대배치를 명 받다
충성!

배경, 이삭 줍는 여인들

퐁텐블로 숲 근처 샤이이 농장의 한 밭 추수 끝난 황금빛 들판 이삭 줍는 나이 든 세 여인 두 여인은 기역자로 땅에 떨어진 이삭 주워 한 여인은 모은 이삭들 간수해 움직임과 소란스러움 멀리 원경으로 밀려나 있고 화면은 깊은 정적에 잠겨 있어

배경에는 엷은 구름 끼어 있고 하늘 아래 높이 쌓인 수확물들 아주 길게 늘여져 있어 자본적인 풍경이야 오른쪽 건물 앞에 말에 탄 지주 나폴레옹 3세와 일꾼들 지켜보고 있어

어둠은 발목까지 찰랑찰랑 그 어둠 아기장수 우투리 탯줄 자른 억새보다 더 억세게 밀어, 나, 밀레, 한번 못 하고 어둠에 철컥철컥 손목 채워지는 세 여인

저물녘 샤이이 농장 말에 탄 지주 대추 몇 알 오물오물 멀리 뱉어내고 꼬르륵 목이 긴 이삭 하나 또르르 주워들어 말보로 담배 꼬나문 나폴레옹 3세 입안 둥그런 도넛 되어 바람 부는 방향으로 후우후우 뿜어지고 하와이산 사탕수수 흰 띠 두르고 부동자세로 잽싸게 이.상.무 거수경례하는 오와 열 사이 세 여인은 없어

자목련

귀때기에 피도 안 마른 놈들이
가진 건 쥐뿔도 없는 놈들이
앙상한 손가락 내밀어
도원(桃園)의 결의 흉내 내며
파란 입에서 파란 귀의 비선(秘線) 따라
봄바람 속으로 박차를 가하는
여섯 점의 말발굽

결의문 어지러운 시멘트 바닥 위
또각또각 걷는 구호는
긴 어둠의 침낭 속을 지나
후룩후룩 면발 사이를 지나
과녁을 세우고 투쟁의 깃발을 올려
배수진을 친 모란반개형(牡丹半開形) 진지

새파란 놈들이 쥐뿔도 없는 놈들이
손가락 깨물어 뚝뚝 새긴 사발통문

파발마가 사발통문 위를 달리는
노숙의 저녁 석간(夕刊)에
오월 춘투를 예고하는
핏발 선 기사가 선명하다

내가 사는 고향은

쑥쑥 솟은 아파트 숲 사이로
죽죽 내리는 비 사이로
비바람 몰아치는 눈길 사이로,

중학생 계집아이 서넛
차곡차곡 쟁여진 주차장을 가로질러
빗줄기도 받아주는 편의점으로 뛰어들고
얼죽아 커피향이 빗속에서 길을 잃고
카페 유리창만 물끄러미 쳐다보는
부르룽부르룽 택시 승강장에
빗줄기 거세지자 내린 빗물은
어디로 가야 하나 어쩔 줄 모르는
이곳은,

아침이면 기지개 켜는
참새 까치 토끼 고라니 소리로
숲이 한바탕 왁자해지고
별빛 곤히 잠드는 저녁이 되면
소나무 맹감나무 쥐똥나무
곰취 감자 고추 상추
제각각 밤새 키 크는 소리에 하늘이 높아지던 곳,

집안에 보탬이 된다는 홈플러스 모퉁이
거세게 내리는 빗물 아랑곳없이
후줄근한 우산 속 허리를 둥그렇게 만 할머니
거센 비바람에도 세월아 네월아
고추며 감자며 상추며 깻잎을 키순으로 모아놓고
산새 우짖는 아침을 팔고 계시는
숲속의 나무들 키 크는 소리 팔고 계시는

이곳은,
할머니의 고향
새들의 고향
나무들의 고향

문어를 위하여

다리가 야달 개인 연체동물인 문어는 위급 시에 검은 먹물을 뿜고 도망가기로 유명하니라 문어에 대한 역사적 기록은 공자와 그 제자들의 언행을 담은 논어에 공자 가라사대, 역사상 최초로 등장하니라

바다에서 먹물깨나 쓴다는 용궁의 현판을 팔자 좋은 자세로 일필휘지로 갈겼다는 문어는 본인의 근거를 굳이 처용가에서 찾니라 신라 헌강왕 때 왕이 학성에 노닐다가 돌아가는 길에 문득 한 사람이 왕의 앞에 나타나 가무하여 덕을 찬양하고는 왕을 따라 서울에 가서 아리따운 여자를 아내로 취한다는 그 상징성의 배경에는 문어가 있었기에 가능했다고 강변하니라 허나 엄밀하게 말해 명확한 기록은 논어도 아니요 처용가도 아니요 최초의 어류도감인 자산어보도 아닌 놀랍게도 토끼전에 그 역사적 기록이 고스란히 남아 있니라 이야기체로 목판본 경판본 토생전에

신이 비록 재주 없사오나 한번 인간에 나아가 토끼를 살게 잡아오리이다 하거늘 모다 보니 머리는 두루주머니 같고 꼬리는 여덟 갈래로 돋친 수천 년 묵고 묵은 문어라 왕이 가로되 급히 인간에 나아가 토끼를 살게 잡아

오면 그 공이 적지 아니하리라 할 때 문득 자라 뛰어 내달아 크게 외쳐 가로되 이 요망한 문어야 네 아무리 기골이 장대하고 위풍이 약간 있다 한들 제일 언변도 넉넉지못하고 의사도 부족한 네가 무슨 공을 이루겠다 하느냐 이 어림 반 푼어치 없는 놈아 하거늘 이를 들은 문어 매우 슬퍼하지 마지 아니하더라

이때부터 문어는 먹물을 삼십육계의 수단으로는 절대 쓰지 않았니라 소위 쪽팔려서 이후 자신의 정체성의 근거로만 사용하게 되었니라 요즘 문어는 자기를 비난한 자라를 잊은 지 이미 오래, 자라를 우연히 마주칠 때도 입말이 불쑥불쑥 튀어나와 토끼전의 과거를 모두 잊었다는 듯 본인의 논리에 근거해 처용의 뒤를 이어 바다에서 껑충 나온 문어는 인간의 거리를 거닐 때 만나는 사람마다 안녕하십니까 살갑게 인사하면서 자신의 근거를 알리기에 여념이 없다더라 이는 문어에 어울리지 않는 말투인지라 자라의 먼 후손인 거북이의 면박을 자주 당하면서 말이다

나는 오늘 문어랑 같이, 文語를 안주로 술 한잔하기로 했다. 술자리에서는 늘 토생던이 재현되기에 오늘도 문어가 혀 짧은 소리로 으쓱하면서, 안녕하십니까 하는 인사는 비탈에 선 술잔처럼 위태위태할 것이다

이열치열(以熱治熱)

무더운 삼복더위라지만
우리네 인생살이, 땡볕
불볕 져 나르던 삶이 아닌 적 있더냐

들끓은 청춘의 보릿고개 지나
붉은 띠 두른 서러운 날 지나
세상일 정신 줄 위
아슬아슬 건너는 날 지나
하늘의 뜻 받드는
다만 귀 열어두는 때도

삼복 중 가장 덥다는
말복 날 땡볕 한 자락
냉큼 잘라 얇게 저며 썰어
빨간 초고추장에 푹 찍어,
강불에 살짝 데치는 것 잊지 않거늘

그 오리

간간이 흩뿌리는 눈비 속 걸어
남해고속도로 동광주 톨게이트 근처
차가운 아스팔트 위 울상 되어 발 동동
부르튼 제 속도를 따르지 못하고
줄줄이 꼬리 물고 뒤따르는 차를 끌며
뒤뚱뒤뚱 두리번두리번
누가 떨궜을까
그 오리,
숨바꼭질하다 길 잃었나
앞뜰 뒤뜰 무논은 숨을 곳이 못 되지
해거름 무궁화 꽃이 지는 사이
허허실실 눈비 내리는 아스팔트가 제격이지
박박 우기며 날갯짓하며 홀로 저물다
못 찾겠다 꾀꼬리 모두 다 돌아간,
갑을원(甲乙園) 앞뜰에는 와자지껄
유황에 목욕재계하고 연지 곤지 찍고
불변의 약속 저녁 교배상(交拜床) 위에
다소곳이 앉아 선남선녀 행복을 비는
그 오리,
지금쯤 술래를 찾았을까
그 오리,
지금쯤 무사히 건넜을까

다양한 시어와 형식으로 짠 생동하는 시

-명재남, 『어머니 말씀에 밑줄을 긋다』에 부쳐

문수현(문학박사·전 순천대 강사)

다양한 시어와 형식으로 짠 생동하는 시
―명재남,『어머니 말씀에 밑줄을 긋다』에 부쳐

문수현(문학박사·전 순천대 강사)

　우리나라가 인구 대비 시인이 가장 많은 나라라는 글을 읽었다. 우리 주변에 시인들이 심심찮게 보이는 걸 보면 맞는 것 같다. 시인이 많다는 건 문학과 예술에 관심과 흥미를 가진 분들이 많다는 뜻이니 좋은 일일 것이다. 이런 바탕이 있었기에 한국에서 한강이라는 노벨문학상 수상자가 나올 수 있었을 것이다.

　그런데 내가 보기에 우리나라 시인 중 절반 이상은 시답지 않은 시를 쓰는 허수아비 시인이다. 시답지 않은 시란 첫째, 말도 안 되고 예술적 완성도도 없는 시답잖은 시이다. 도대체 시가 무엇인지도 모르고 자기 맘대로 쓰는 낙서나 소음에 불과한 시다. 둘째, 누구나 하는 뻔한 소리를 하는 일상 잡담 같은 시다. 무슨 말인지 알 수는 있지만 들으나 마나 한 소리라고 할 수 있다. 이런 시를 읽느니 마늘 까면서 할머니 혼자 고시랑거리는 소리를 듣는 게 오히려 구수하다. 셋째, 얼핏 그럴듯한 시 같은데 찬찬히 들여다보면 무슨 말인지 이해가 안 되는 시이다. 쓰는 사람이 무슨 뜻인지 알고 쓰는지 확인할 수 없지만 독자가 도대체 이해할 수 없는 시 말이다.

나는 한때 '세 번째 시' 앞에서 주눅 들었다. 문학 소년이었고, 문학을 전공했고, 오래 문학을 가르쳤는데 시 한 편 제대로 이해를 못 하다니! 나는 자괴감이 들었지만 고백할 용기는 없어서 속으로 끙끙 앓는 수밖에 없었다. 그런데 같은 경험을 반복하면서 생각이 바뀌었다. "시를 이해하지 못하는 것은 내 잘못이 아니라, 이해하지 못하는 시를 쓴 시인의 잘못이다." 평론가 등 다른 분들의 의견도 내 생각의 변화에 많은 도움을 주었다.

시는 언어로 이루어진 미적 구성체이다. 마땅히 언어는 소통을 전제로 한다. 무슨 말인지 알아듣지 못하는 말은 말이 아니다. 시 또한 예외일 수 없다. 우리 주변에 시인이라는 그럴듯한 이름을 달고, 안드로메다에 암호를 발신하는 사람들이 꽤 많다. 하나 마나 한 말은 시가 아니다. 뭔 말인지 알아먹을 수 없는 시도 시가 아니다. 그건 시간 낭비, 종이 낭비, 에너지 낭비이다. 소통이 안 되고 공감을 불러일으키지 못하는 시는 언어의 쓰레기에 불과하다. 지나친 평가인지 모르지만, 우리 주변의 많은 시는 혼자 중얼거리는 넋두리거나 잘해봤자 일기(日記)에 불과하다.

그러나 얼마쯤은 아주 좋은 시, 훌륭한 시인데도 내 안목이 천박하여 이해와 감상을 제대로 못 하는 작품도 있다. 그렇다면 넋두리, 일기 같은 시와 좋지만 이해를 못 하는 시는 어떻게 구별할 수 있는가? 분명하고 명확하게 설명하기는 어렵다. 불만족스런 답이지만, 직관적으로 느

낄 수 있다고 말할 수 있다. 어려운 시라도 좋은 시는 찬찬히 들여다보고 음미하면 이해가 되고 공감이 간다. 시는 참 애매모호한 구석을 지닌 까탈스럽고 버거운 친구다.

1. 어머니와 그리움

명재남 시인의 첫 시집 『어머니 말씀에 밑줄을 긋다』는 시인 어머니의 49재에 올리기 위해 49편의 시를 모은 시집이다. 모두 5부로 되어 있고, 제1부는 어머니에 대한 애틋한 그리움을 노래하고 있다. 여기에 11편의 시가 실려 있다.

눈 내리는 겨울밤, 희미한 호롱불 아래 설빔을 준비하는지 어머니가 다듬이질을 하고 있다. 그 소리는 어머니의 주름진 시집살이, 고된 生의 주름을 펴는 소리 같다(「어머니」). 어머니의 고단한 삶은 '할미꽃'이나 "장마철 텃밭 무성한 잡초 속에서 / 길가로 수많은 넝쿨손 뻗"어 "홀로 온몸으로 맨바닥을 기어 (…) 끝끝내 넝쿨마다 꽃을 피워내어 (…) 못생긴 호박 주렁주렁" 매다는 호박 넝쿨 같다.(「호박 넝쿨」). 그런 어머니가 중환자실에 누워계신다. 어머니를 빨리 낮게 해달라고 돌아가신 아버지께 간절히 기도하는 동생, 하지만 강차게 쥐고 계시던 어머니의 손은 잎새 지듯 떨어진다(「어머니를 보내드리며」). 이어 영구차가 망자를 태우고 화장장으로 향한다.

투명한 유리창을 사이에 둔
이쪽과 저쪽의 평행선 위
망자의 삶과 산 자의 울음을 싣고
태운 관이 발사대에 오르고
쓰리! 투! 원! 제로!
카운트다운과 함께 천천히
무한 원점 찾아 떠나는 평행선이
한 점 불꽃으로 사그라지는

—「생사가 예 있나니」부분

관이 유리창 너머 화구(火口)로 들어가고, 문이 닫힌 다음, 망자가 한 점 불꽃으로 사그라지는 장면은 누구나 가슴이 무너진다. 그런데 시인은 이 장면을 쓰리, 투, 원, 제로. 하늘로 발사되는 로켓을 보며 카운트 다운하듯 정상궤도에 진입하기를 비는 마음으로 무심히 읊조린다.

홀로 사시던 어머니는 동이 트기 전에 불쑥 전화를 건다. 웬일인가, 놀란 가슴으로 전화를 받으면 '잘못 눌렀다'고 어머니는 둘러대셨다. 이젠 내가 새벽녘에 어머니께 전화를 걸어본다. "지금 거신 번호는 없는 번호입니다. 다시 확인하시고 다시 거시기 바랍니다." 뚜우뚜우… 기계음만 들린다. 이젠 내가 진짜로 잘못 건 전화다.

우리 어머니 요즘 부쩍

전화를 잘못 거시더니

이른 아침 요주의 인물로 찍히셨나

통신사 영구 퇴출되셨나

걸어도 걸어도 반복되는 기계음만

새벽을 울리네

못난 새가슴을 울리네

—「새벽을 울리네」 부분

이젠 '잘못 누른' 전화가 오지도 않고, 내가 전화를 걸 수도 없다. 막막한 아들의 심사. 늘 후회라는 뒷북을 치며 우리는 새가슴으로 운다.

어머니의 사랑과 나의 그리움은 대중가요를 비롯 문학, 음악, 미술 등에 단골 소재다. 어머니의 희생과 고난을 구체적으로 그리며 어머니의 무조건적인 사랑과 그에 보답하지 못한 나의 죄스러움을 토로하는 내용은 원초적이다. 동물, 새끼로서 여기에 반응하지 않는 사람은 없을 것이다. 원초적 본능을 건드리는 어머니의 사랑과 부재한 어머니에 대한 그리움을 노래하는 작품은 그래서 늘 유효하고 많다.

제3부는 '그리움으로 켜는 밤'이다. 여기에는 유년기의 추억, 고향 동무, 헤어진 연인⑺, 친구, 지인 등을 그리는 시 9편이 실려 있다. 이러한 내용도 어디선가 본 듯한 것이다.

겨울 강에 찬 바람 불면
강심으로 잦아드는 소리 따라
산 계곡마다 옹송그린
조약돌 사이사이 하나둘씩 모여드는
겨울 산의 침묵의 행렬

잔기침 소리 하나 없이
강물에 미끄러지는 일 없이
폭 작은 걸음으로 여는
순례의 길은 아득하여라

찬 바람 건너면
거기 비누 거품처럼 보글보글
피어오르는 뽀얀 보조개
순은으로 속살대는
강심은 아득하리

아직 여물지 않은 달이

조심스럽게 흔드는
무언의 수신호로 건너는
끝없는 순례의 길을 걸으며

찬 바람에 부르튼
저마다 언 손을 끝내 놓지 않고
한 점 온기로 켜는 밤
겨울 강에 부려놓은
젖은 그리움으로 켜는 밤
젖는 게 어디 강심뿐이랴

—「그리움으로 켜는 밤」전문

「그리움으로 켜는 밤」은 신선한 언어, 새로운 이미지로 유려하게 그려낸 절창이다. 겨울 산의 침묵의 행렬이 깊은 강심으로 모여 끝없는 순례의 길을 떠나는데, 저마다 언 손을 끝내 놓지 않고 한 점 온기로 밤을 켠다. 젖은 그리움으로 켜는 겨울밤은 그래도 살만하지 않을까? 서정적인 울림이 얼음장 깨지는 소리처럼 아련하다.

　시, 서정 갈래의 기반이 개인적이고 주관적인 정서이므로 그리움을 노래하는 것은 지극히 당연하다. 하지만 그것은 매우 보편적이라는 의미이기도 하다. 보편적인 것은 흔한 것이고, 흔하면 자칫 식상으로 흐를 수 있다. 다르게 말하면 주목도가 낮아질 수 있다. 신선도가 떨어지는 시, 긴장감이 없는 예술은 생명력이 약하다. 수용자(독자)는 일상의 밥이나 김치에는 긴장하지 않는다. 하지만 색다른 맛, 신선한 맛, 깊은 맛의 밥과 김치에는 입을 벌린다.

그래서 '낯설게 하기'는 소설뿐 아니라 시에 더욱 필요한 덕목이다. 시인은 늘 '새로운' 것을, 또는 항상 '새롭게' 노래하려는 팽팽한 떨림을 유지해야 한다. 시는 기존의 체제를 끊임없이 전복(顚覆)하고 혁명하려는 DNA를 지닌 존재 아닌가? 과욕인지 모르지만, 시를 지탱하는 여러 기둥 중 하나가 전복이란 걸 잊어서는 안 된다.

'어머니', '그리움'은 영원히 마르지 않을 정서의 원천이고 절대 소멸하지 않을 예술의 소재이다. 그러므로 시인은 그것을 쉽사리 드러내지 않도록 조심해야 한다. 그것을 헤프게 써서 독자들이 익숙해지면 선도가 급격히 하락할 수 있다. 이것이 예술, 시, 노래가 지닌 숙명이다. 좋은 패는 쉽게 까지 않는 법이다. 까야 한다면 좀 더 새로운 극적 방식이어야 한다. 그리고 시인이 그 감정에 매몰되지 않아야 하며 감정의 표현을 조종할 수 있어야 한다. 명재남 시인의 '어머니' 또는 '그리움'의 시는 어떠한지 독자들이 음미해 보시기 바란다.

2. 해학과 언어유희

명재남 시인은 2006년 《월간문학21》을 통해 시단에 나왔다. 「수양버들 흥흥거리고」 외 2편으로 신인상에 당선되었을 때 심사위원의 평은 기억할 만하다.

「수양버들 흥흥거리고」는 우선 제목이 적지 않게 해학적이라는 점에서 눈길을 사로잡았는데 내용에서는 해학미가 넘쳐 흐른다. 우리 시대 수많은 시의 주제와 내용이 일반적으로 다소 무겁고 경직되어 있다는 점을 고려한다면 이런 해학적이고 경쾌한 내용의 시는 일면 독자들에게 신선한 느낌을 던져줄 수 있다. (…) 무척 미려하고도 개성적인 표현을 구사하였다. 자연스럽지만 해학도 그만큼 함유하고 있다. 선정된 3편 모두 유사한 시풍을 간직한 작품으로 빼어난 해학미를 발산하고 있다.

해학이란 '세상사나 인간의 결함에 대한 익살스럽고 우스꽝스러운 말이나 행동'인데, 주로 원초적 본능으로서의 성을 노래한 제2부 「수양버들 흥흥거리고」에서 빈번하게 구사된다. 쉽게 꺼내기 어려운 성을 경쾌하게 노래하기 위해 해학을 도구로 쓴 것인데, 이는 상당한 성공을 거둔 것으로 보인다.

예컨대, "고추 따는 손으로 / 고추를 잡으니 / 빨갛게 땡땡거리는 / 고추가 얼얼 / 땡볕에 달아오른 / 고추 맛에 / 고추들이 자지러진다"(「고추 따기」). 세계 대제국을 건설한 오만한 칭기즈칸, "그런 그도 열린 성문 앞에서 / 밤마다 무릎을 꿇다가 밤이 이슥해서야 / 밤을 올라타고 침전으로 들었다지"(「닫힌 성문을 열며」) 같은 것이다. 오늘도 닫힌 성문을 열기 위해 오만한 당신의 칭기즈칸은 그대 가랑이 사이를 오체투지로 엉금엉금 기어 평화조약에 서명을 해야 한다. 이런 식이다.

제2부 중 수작 한 편을 보자.

청송녹죽 등 푸른 절개는
한낱 뜬구름 같은 것
구중궁궐 옥문 드나들던
삿갓 쓴 저 양반
아비를 지탄하던 패륜의 손가락
어미를 간하던 오이디푸스 손가락
그대 눈먼 사연은
어느 하늘 아래 둘 것인가
낮달 벗 삼아 정처 없이 떠도는
비구름 쉬어가는 초야의 대장간
하늘 귀 낮추는 풀무질 소리
만화방창 꽃잎은 속절없이 지고
휘휘 가지 드린
수양버들 연둣빛 하늘이듯
삿갓 쓴 저 양반

삿갓에 듣는 버들잎이 섧구나

—「삿갓 쓴 저 양반」 전문

'구중궁궐 옥문', '삿갓 쓴 저 양반', '풀무질 소리', '만
화방창 꽃잎' 같은 시어들은 중의적이고 해학적이다. 시
인은 언어유희를 통해 발설하기 어려운 남녀의 상징과 사
랑 행위를 비유적으로 유쾌하게 노래한다.

3. 생동하는 시와 그 원천

명재남 시인의 시에는 생동감이 있다. 그의 시들은 주
둥이에 꿰인 낚시의 아픔에 아랑곳하지 않고 세차게 파닥
거리는 적돔처럼 힘차다. 바다에서 막 건져 올린 통통 뛰
는 시어(詩魚)를 도마에 올려놓고 어떤 요리를 할까 궁리
하는 시인의 입가에 미소가 번진다. 잘 벼린 회칼을 잡은
20년 경력의 그는 시어의 대가리와 지느러미, 껍질과 뼈,
살과 내장을 한 치의 오차도 없이 해체한다. 그 싱싱한
회는 정갈한 접시 위에 가지런히 놓인다. 그의 손에 피 한
방울 묻히지 않고.

1) 다양한 형태
명재남 시의 생동감은 어디서 오는가? 다양한 형태에

서 나오기도 한다. 짧은 시와 줄글 형태의 산문시가 섞여서 시 읽는 일이 지루하거나 따분하지 않게 된다. 시 한 편이 한 페이지를 다 채운 정도의 시들이 주를 이룬다. 한편 「봄밤」은 6행이고 「고추 따기」는 7행으로 짧다. 「깊고, 먼」은 12행이지만 한 행이 한두 개의 단어로 되어 있어 간결 단순하다. 반면 행을 나누지 않은 「노크해 주세요」, 「배경, 이삭 줍는 여인들」, 「문어」와 같은 긴 줄글 형식의 시도 섞여 있다. 확실히 변화는 지루함을 삭제한다.

2) 모던한 시어와 형식

『어머니 말씀에 밑줄을 긋다』를 생동하게 하는 것은 실험적인 느낌의 모던한 시들이기도 하다. 독자의 기대를 저버리는 예상 밖의 신선한 표현이 여기저기서 튀어나와 재미를 더하는 건 기본이다. 「깊고, 먼」은 일반적인 시의 형태를 살짝 벗어나 있다.

어머닌
나의 어머닌

저기
저어어기
저   기이

쩌어   기이

저쪽과 이쪽
쩌와 이 그 사이
이 세상에서 가장 깊은
천지인(天地人)
어, 머, 니,

나의 어머니

—「깊고, 먼」 전문

모던한 시어나 통통 튀는 가락으로 흥미를 돋우는 시는 주로 제5부 '씨줄 날줄에 걸린 일상'에 몰려 있다. "인도 북서부의 작은 항구 알랭 바닷가에는 / 드넓은 바다를 끌다 지친 배들이"(「명사십리」) 같은 시구들도 모던하다.

앞이 앞이고 뒤도 앞인 개미
모든 게 곧을 直 곧을 直
밥도, 말도, 걸음도, 똥도,
곧을 直 곧을 直

(중략)

확 확 달려드는 진달래 살 내음
곧게 내리는 봄비랑 눈 맞아
불그죽죽 타는 하늘 아래
곧을 直 자로 바위에 누워
곧을 直, 곧을 直
게송 하는 개미

—「개미의 일생」 부분

앞이 앞이고 뒤도 앞인 개미는 밥도, 말도, 걸음도, 똥도, 모든 게 곧을 直이다. 현대적인 언어 감각과 표현 기법이 돋보이는 시이다.

컬러믹스 풍경 하나
이태백 씨, 술 한잔 걸치고
꼭짓점 댄스 추다 꼭지를 잘못 디뎌
달빛에 빠져 허우적거리네

암스트롱 씨, 초록은 동색
서로 돕고 살아야죠
급히 우주선 타고 달나라로 향했으나
아차차 핸드폰 두고 오는 바람에
같이 달 귀신 될 처지

김수로 씨, 여유 있게
핸드폰 꺼내 들고 알겠습니다
익숙한 솜씨로 스텝 밟으며
오! 필승 이태백!

(중략)

흰 바탕에 파란 줄무늬 옷과 모자
노란 초승달에 꼭 달라붙어
깍지 낀 강아지 한 마리 메롱 하며
별 밭을 맨발로 달려가는
투명 유리창 속 컬러믹스 풍경 하나

　　　　　　　—「컬러믹스 풍경 하나」 부분

　술에 취한 이태백 씨는 꼭짓점 댄스를 추다 허우적거리
고, 암스트롱 씨는 급히 달나라를 향하다 핸드폰을 지구
에 두고 온다. 김수로 씨는 핸드폰을 꺼내 들고 스텝을
밟으며 오! 필승 이태백을 외친다. 경쾌한 음악에 맞춰 춤
을 추는 듯, 막힘없는 노래가 시원하다. 아주 좋다.

3) 언어유희와 막힘없는 가락

금붕어의 죽음을 노래한 「금, 붕어하시다」는 금과 붕어를 띄우고 붙이는 언어유희(pun)로 즐거움을 선사한다. 그런데 그 말장난이 어색하거나 저급하거나 버성이지 않아 시(어)의 지위를 획득한다.

16년 된 부부의 사랑을 확인하는 「공인 인증서」는 매우 현대적이고 경쾌하여 매력적이다. 명재남 시의 한 정점을 보여 주는 시가 아닌가 싶다.

두 사람은 386 CPU로 출발하여 듀얼코어의 강력한 심장으로 재무장한 부부임을 인증합니다. 이제 두 사람은 악성 코드가 심어져도 그 어떤 바이러스가 침투해도 첫 만남의 설레임으로 처음으로 다시 돌아가는 시스템 복원 능력이 업그레이드되었으며 레지스트리, 하드디스크의 실시간 최적화로 한 마리의 버그도 한 마리의 바퀴벌레도 허용하지 않는 쾌적한 가정을 이룰 수 있고 익스플로러 최적화로 태양이 숯덩이가 되는 그날까지 파도가 밀려오다 멈추는 그날까지 항해할 수 있는 자격이 충분하기에 본 증서를 수여합니다.

2012년 4월 24일,
사랑의 알고리즘을 풀 줄 아는
과년한 이팔청춘 딸아이가
엄숙하게 전달한 공인 인증서

0과 1로 짜 온 16년의 언어가
++된 군인정신으로
사이버 특급 전사로 재무장되어
또 하나의 비밀번호를 부여받고
사랑의 최전선에 자대배치를 명 받다
충성!

—「공인 인증서」 전문

4. 의성의태어의 빈번한 구사

명재남 시가 생동감이 넘치는 가장 큰 이유는 의성어·의태어의 빈번하고 적절한 사용이다. 이 시집에 실린 거의 모든 시에 의성어·의태어가 쓰였다. 하도 신기해서 내가 유심히 살펴봤더니 전체 49편 중 의성어·의태어가 쓰이지 않은 시는 「봄밤」, 「궁에도 꽃이 핀다」, 「꽁지머리」, 「공인 인증서」 단 4편뿐이었다. 92%(45편) 시에 의성어·의태어가 쓰였다는 사실은 시인이 의식적이건 무의식적이건 의성어·의태어를 강렬하게 선호한다는 명백한 증거이다.

의성어는 사람이나 사물의 소리를 흉내 낸 말, 의태어는 사람이나 사물의 모양이나 움직임을 흉내 낸 말이다. 그런데 의성어이면서 의태어인 단어도 있기 때문에 '의성의태어'라고 칭하고 부른다. 한국어사전에 1만 8천 개의 단어가 등재되어 있을 정도로 한국어에는 의성의태어가

풍성하다. 의성의태어를 쓰면 작품의 표현이 풍부해지고
유려해 보이는 효과가 있다. 바꾸어 말하면 작품에 생동
감이 생기는 것이다.

그는 첫 시 「어머니」 맨 마지막 행 "똑딱똑딱 독닥독
닥"부터 마지막 시 「그 오리」의 "발 동동", "뒤뚱뒤뚱 두
리번두리번"에 이르기까지 매우 빈번하게, 그리고 매우 적
절하게 의성의태어를 구사한다. 시집 어디를 펼쳐도 의성
의태어 한두 개는 만날 수 있을 것이다.

해지는 고샅에 켜켜이 쌓이던 바람
오종종 쪼그려 곁불 헤집는 소리 토도독
잿 속 낄낄대는 소리 피시시싯
마른 흙바람 사이 다시 까르르 건너는 소리

불장난 하지 말랬지,
까악 깍 까치가 까불리는 키를 들고
사립문 나설 때 왕소금 쪼르르 따라나서고
(중략)
울울창창 동짓달 바람 옹송거리는 소리
컹컹 개 한 마리 복창하듯
쫏쫏쫏 끌고 동네 한 바퀴 돌고 나면

—「유년의 밤」 부분

비 개인 세상이 참 온순하다
후들거리는 그 어수선하고
짠한 생의 한 켠에 <u>후득후득</u>
빗방울 떨리더니
어느새 창가에 <u>그렁그렁</u> 새겨지던
고단한 삶의 역주행 스키드 마크,
지난밤 <u>으르렁, 쿵쾅거리던</u>
폭우가 한바탕 다녀가고

—「얹힌 눈물에게」 부분

「유년의 밤」 일부에만 10개 정도의 의성의태 부사가 쓰였을 정도로 쓰임이 잦다. 이들 시에서 의성의태어를 빼고 읽어보기 바란다. 그것을 빼도 의미는 변하지 않지만 시의 맛이 맹탕이거나 최소한 생동감이 반감할 것이다.

명 시인만큼 의성어와 의태어를 빈번하게 사용하는 시인이 또 있을까? 이 점이 그의 시를 생동감 있게 하는 중요한 요소 중 하나임에 분명하다. 의성의태어가 시의 주제나 내용의 질을 결정하는 핵심 요소는 아니지만, 음식에서 양념이나 고명처럼 본체에 생기를 불어넣는 역할을 한다. 맛깔스러운 조연의 연기로 영화나 드라마가 풍부해지고 빛나는 것처럼.

그의 시에 쓴 의성의태어는 튀거나 들뜨지 않고 입에 쩍쩍 차지게 붙고 마음에 찰싹 감긴다. 그의 시적 능력이다. '의성의태어의 잦은 구사'는 명재남 시인만의 독특한 색깔이다. 하지만 무엇이든 시에 무르녹아 자연스럽게 되면 미덕이 되고 효과를 내지만, 지나치면 동티가 나기 마련이라는 상식은 언제나 유효하다.

시간과 분량의 한계로, 시인이 학교생활(교사) 경험을 토대로 길어 올린 제4부 '학교 종이 땡땡땡'에 대한 언급은 하지 못했다. 그 밖에도 '파격적인 시어', '언어를 부리는 솜씨', '음성 이미지에 대한 선호' 등 할 얘기가 많지만 줄인다.

5. 군소리

명재남 시인이 "시집을 내는데 시평을 좀 써달라"고 했다. 나는 부정적으로 대답했다. 우선 자신이 없었다. 시평(詩評)은 처음이라 그가 내는 첫 시집에 흠이 될 것을 염려했기 때문이다. 누가 시평을 썼는가에 의해 시집의 격이 달라질 수도 있는데, 나같이 이름 없는 촌사람의 글이 그의 시집에 도움이 될 리 만무하다.

더군다나 나는 시를 써본 경험이 거의 없는 사람이다. 고등학교 2학년 어느 날, 습작 시를 곰곰이 들여다보다가 문득 '나는 시에 소질이 없는 사람'이라는 결론에 이르렀다. 그때부터 퇴임한 지금까지 나는 시다운 시를 써본 적이 없다. 당연히 나는 시에 대한 깊고 높은 이론과 이해가 부족하다. 그러니 명 시인의 제안을 어찌 받아들

일 수 있었겠는가.

그런데, 내 완곡한 거절에 명 시인은 "그냥 편하게, 쉽게 쓰면 된다. 인상비평 정도를 해 주면 된다"고 반복해서 말했다. 같은 대학 같은 과 동기로 40년 동안 교류한 명 시인의 부탁을 단호히 거절하지도, 적극 수용하지도 못한 채, 그럭저럭 시간이 흘렀다. 예부터 아는 사람의 청을 마지못해 들어주었다가 망신을 당한 예가 적지 않은데, 그놈의 친분 때문에 거절을 못 하다가 어찌저찌 여기까지 이르렀다. 게다가 내 고질(痼疾)인 우유부단한 성격이 더해져, 확신도 없으면서 무모하게 시평이란 글을 쓰는 사고를 쳤다. "우물쭈물하다가 내 이럴 줄 알았다."

변명 하나. 명재남 시인이 등단했을 때, 나는 진심으로 축하하면서 그에게 "앞으로 시에 전념해 보라"고 여러 번 말했다. 다재다능한 그이지만 내 눈엔 시적 재능이 도드라져 보였기 때문이다. "시에 전념하라"고 해놓고 시집 발문을 써달라는 부탁은 안 들어준다면 말빚을 지는 일이라 슬그머니 승낙하고 말았다. 그리고 나는 말빚을 갚기 위해 시들어버린 용기를 일으켜 세우고 고사(枯死)한 자신감에게 물을 주느라 힘들었다.

문학평론을 공부하지 않은, 시에 문외한인 내가 명재남 시인과의 개인적 인연으로 쓴 글이라 부족한 점 투성이다. 낯이 겁나게 뜨겁다. 명 시인에게, 그의 첫 시집에, 독자들에게 용서를 빌 뿐이다.

어머니 말씀에 밑줄을 긋다

명재남 지음

발행처   도서출판 **청어**
발행인   이영철
영업   이동호
홍보   천성래
기획   육재섭
편집   이설빈
디자인   이수빈 | 김영은
제작이사 공병한
인쇄   두리터

등록   1999년 5월 3일
       (제321-3210000251001999000063호)

1판 1쇄 발행 2024년 11월 11일

주소   서울특별시 서초구 남부순환로 364길 8-15 동일빌딩 2층
대표전화 02-586-0477
팩시밀리 0303-0942-0478
홈페이지 www.chungeobook.com
E-mail   ppi20@hanmail.net

ISBN   979-11-6855-295-1(03810)

본 시집의 구성 및 맞춤법, 띄어쓰기는 작가의 의도에 따랐습니다.